हवलदार बहादुर और लाल कोट का हंगामा

चित्रांकन : बेदी ■ लेखक : विनय प्रभाकर

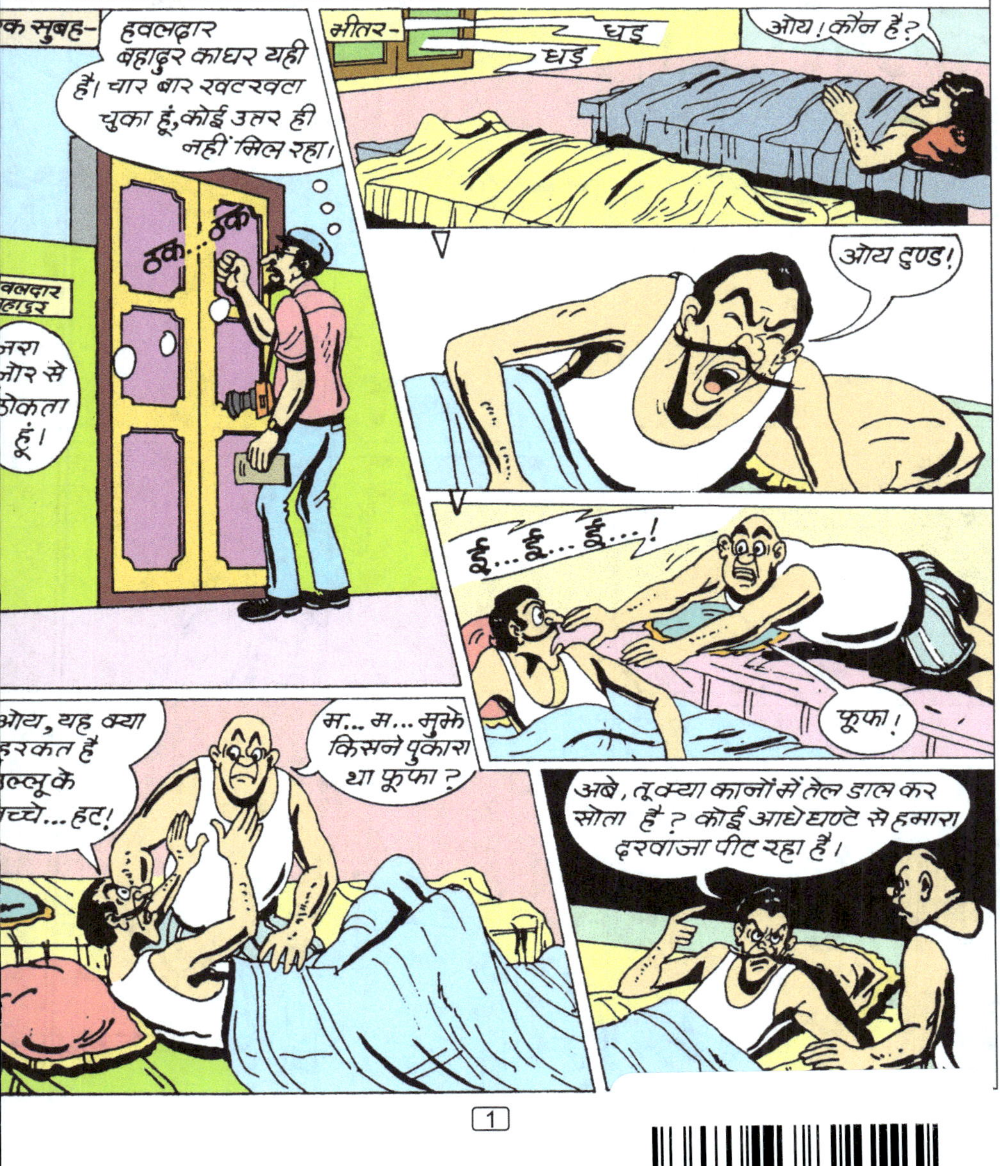

दरवाजा पीट रहा है। अभी देखता हूं साले को।
और-
क्या है बे? क्यों खटखटा रहा है?
ही... ही... ही...!
तड़ाक
उई...!
साले, बत्तीसी निकालकर हाथ पर धर दूंगा। ही... ही... ही... क्यों कर रिया था?
बड़े बदतमीज हो जी तुम! यह कोई तरीका है बात करने का?
अबे अगर तूने फौरन हमारा दरवाजा खटखटाकर ही... ही... ही... करने का कारण न बताया तो मैं पहलवानी तरीका लगाकर तुझे पट कर दूंगा। समझा!
म... मैं हवलदार बहादुर से मिलने आया हूं।
क्यों?

उनका साक्षात्कार लेना है।
अच्छा - अच्छा, पहले क्यों नहीं बताया था?
और –
ओय फूफा! कोई तुम्हारी कार लेने आया है!
कार!
अरे उठो फूफा।
ओय, क्या करता है?
मजा आ गया फूफा। उस खटारा को खरीदने एक मूर्ख खुद ही चला आया। जाकर जल्दी सौदा कर लो।
अबे छोड़ तो।
कार बिक गई तो मजा आ जाएगा।
वास्तव में हवलदार बहादुर अपनी खटारा कार से तंग आकर उसे बेच देना चाहते थे।
ही... ही... ही...! आइए... आइए...!
आप ही हवलदार बहादुर सिंह हैं?

हां जी, मैं ही हूं, ही... ही... ही... !
एक मिनट।
क्लिक
ओय !
हवालात में सड़ा दूंगा साले ! कच्छे में फोटो क्यों उतारी ?
ही... ही... ही... ! थैंक्यू !
नाराज न होइए हवलदार जी। मैं अखबार का रिपोर्टर हूं। आपका साक्षात्कार, यानी इंटरव्यू लेने आया हूं।
अखबार... रिपोर्टर... इंटरव्यू... ही...ही...ही...! तो पहले क्यों नहीं बताया था ?
जी क्या करूं ! मौका ही नहीं मिला।
आइए...आइए... भीतर चलकर बैठते हैं।
यह साला हवलदार तो नहीं लगता।

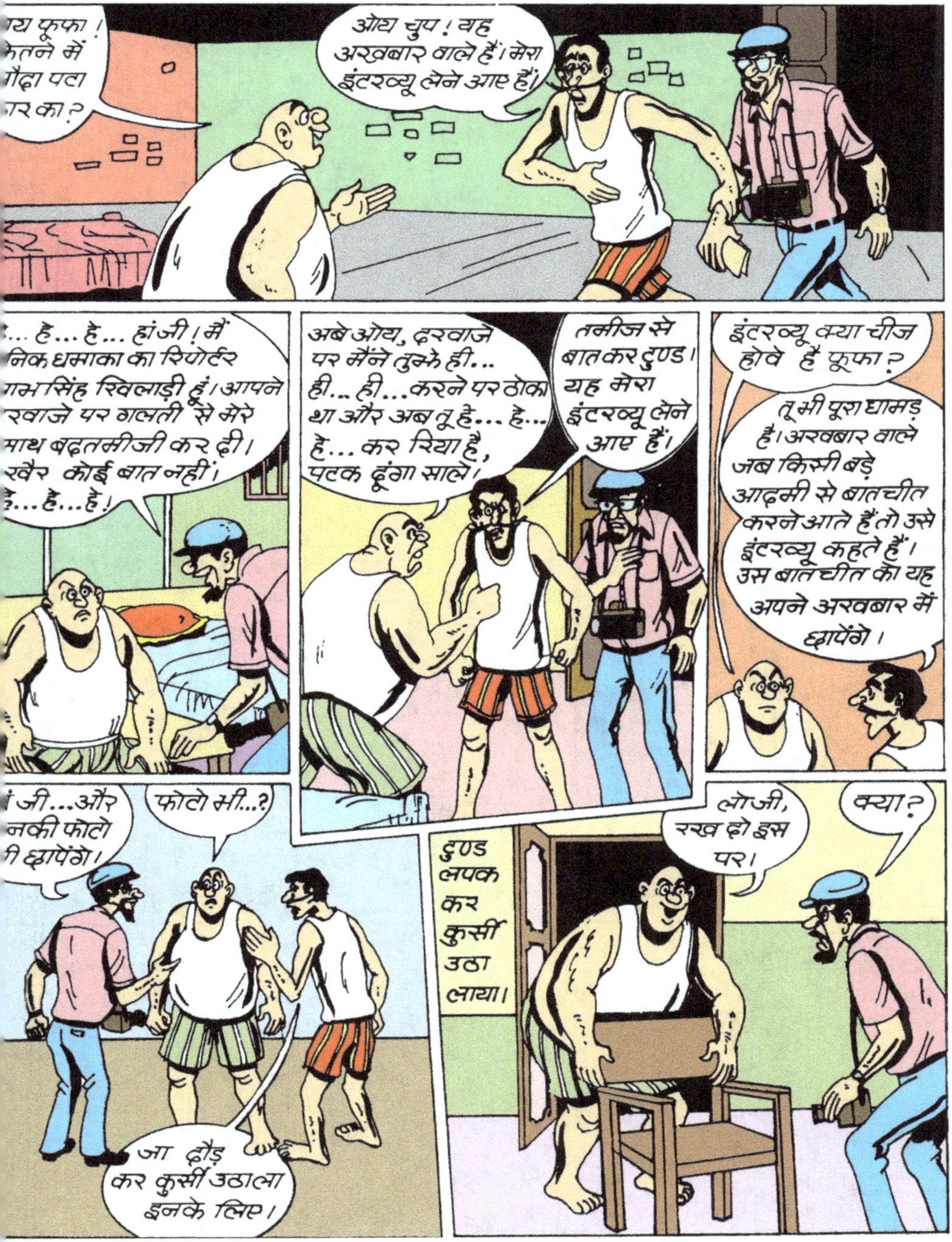
ाय फूफा ! केतने में ौढ़ा पला ार का?
ओय चुप ! यह अखबार वाले हैं। मेरा इंटरव्यू लेने आए हैं।
...है...है... हांजी! मैं निक धमाका का रिपोर्टर गम सिंह खिलाड़ी हूं। आपने रवाजे पर गलती से मेरे साथ बदतमीजी कर दी। खैर कोई बात नहीं। ...है...है!
अबे ओय, दरवाजे पर मैंने तुझे ही... ही... ही... करने पर ठोका था और अब तू है... है... है... कर रिया है, पटक दूंगा साले!
तमीज से बात कर टुण्ड। यह मेरा इंटरव्यू लेने आए हैं।
इंटरव्यू क्या चीज होवे है फूफा?
तू भी पूरा घामड़ है। अखबार वाले जब किसी बड़े आदमी से बातचीत करने आते हैं तो उसे इंटरव्यू कहते हैं। उस बातचीत को यह अपने अखबार में छापेंगे।
जी...और नकी फोटो ी छापेंगे।
फोटो भी...?
जा दौड़ कर कुर्सी उठा ला इनके लिए।
टुण्ड लपक कर कुर्सी उठा लाया।
लोजी, रख दो इस पर।
क्या?

अरे वही जो बड़े आदमियों की बैठक को कहते हैं... हां... तशरीफ।
ही... ही... ही...! इसका मतलब है तशरीफ रखिए कुर्सी पर...
... यानी पधारिए।
हे... हे... हे...! अब आप इंटरव्यु देने के लिए तैयार हो जाइए।
तैयार हूं जी। बस अभी कच्छा उतार कर आया।
क्या... कच्छा भी उतार होगे?
हा... हा... हा...!
अरे नहीं... ही... ही...! मेरा मतलब था दूसरे कपड़े पहनकर आता हूं। ही... ही... ही...
...आप तो डर ही गए।
ठ... ठीक है। आप जल्दी आ जाइए।
दस मिनट बाद-
गुड मार्निंग।
हाय! मैं मर जावां गुड़ खाकर।
ही... ही... ही...! क्या कह रहा है बे टुण्ड?
नु कह रिया हूं कि सलमाण खान लागरियो है म्हारा फूफा। हे... हे... हे...

अच्छा, अब आप मेरे सवालों का जवाब दीजिए हवलदार जी। सबसे पहले यह बताइए, अब तक आप कितने अपराधियों को पकड़वा चुके हैं?
हजार, दो हजार को सड़ा चुका हूं हवालात में।
ओय फूफा! यो बातें अखबार में छपणी हैं। झूठ कतई न बोलियो।
तू चुप कर। खबरदार, जो अब बीच में बोला। उल्लू का ठप्पा।
गुण्ड खामोश हो गया और हवलदार बहादुर पूरे जोश से इंटरव्यू देने में जुट गए।
लो जी, हो गया आपका इंटरव्यू पूरा। आज शाम को ही छाप दूंगा।
मगर फोटो तो आपने ली ही नहीं।
ही... ही... ही...! फोटो तो आपकी मैंने दरवाजे पर ही ले ली थी। अब दूसरी फोटो लेने के लिए कैमरे में फिल्म नहीं है। अब मैं चलता हूं... नमस्ते!
सत्यानाश! मेरे कच्छे की तस्वीर छाप देगा यह।
हे... हे... हे... फिकर नाट फूफा, कच्छे के अंदर तुम भी तो होगे। ही... ही... ही...!
तभी—
नमस्ते हवलदार जी!
ओह! यह तो कमिश्नर साहब का खास नौकर है।

आपको साहब ने घर बुलाया है। प्राइवेट काम है आपसे।
प्राइवेट काम!
कमिश्नर साहब पर बड़ा रौब है अपना। ही... ही... ही...!
थोड़ी देर बाद हवलदार अपनी खटारा दौड़ाते हुए कमिश्नर की कोठी पर पहुंचे।
कमिश्नर साहब को किसी केस में मेरी सहायता की जरूरत आ पड़ी है शायद।
कार से उतरकर जैसे ही उन्होंने फाटक खोलना चाहा।
ढिशुम
ओय!
पंच बहुत जोरदार था
धाड़
तभी-
अरे! हवलदार जी आप... ही... ही... ही...!
म... मुझे घूंसा किसने मारा था?
हे... हे... हे...! वो ऑटोमैटिक घूंसा था जो
कमिश्नर साहब ने सिक्योरिटी का एक नया
सिस्टम लगवाया है। अगर कोई घंटी बजाये बिना गेट खोलने की कोशिश करता है तो उसका थोबड़ा फ्लैट हो जाता है।

बड़ा वाहियात सिस्टम है। पूरा जबड़ा हिलकर रह गया।
कोठी के भीतर –
साहब कहां हैं ?
उधर कमरे में। आपको वहीं भेज देने को कहा था।
आंय ! साहब उल्टे क्यों हो गए ?
हवलदार ने निकट पहुंचकर सैल्यूट दिया।
सर...!
धाड़
क... कौन है ?
ओह ! तुम आ गए हवलदार।
उफ...!

हे... हे... हे... ! माफ करना, मैं जरा कसरत कर रहा था। तुम्हें चोट तो नहीं लगी ना?
गुर्र... साले ने दुलत्ती झाड़ दी और पूछता है चोट तो नहीं लगी।
हे... हे... हे...! बिल्कुल नहीं लगी जी।
मैंने तुम्हें इसलिए बुलाया है कि मेरा एक दोस्त हांगकांग से आ रहा है। बारह बजे उसकी फ्लाइट यहां पहुंच जाएगी। तुम उसे एयरपोर्ट जाकर ले आओ। मुझे एक जरूरी मीटिंग में जाना है, वरना मैं खुद उसे ले आता।
ठीक है जी। मैं उन्हें ले आऊंगा।
कुछ देर बाद हवलदार की खटारा एयरपोर्ट की ओर लपकी जा रही थी।
कमिश्नर साहब के दोस्त का नाम तो मैं भूल गया, मगर यह याद है कि वह लाल कोट पहने होगा।
अचानक –
ओय...!
फटाक
हाय रब्बा! यह क्या हो गया? अब एयरपोर्ट पहुंचने में देर हो जाएगी।

धर हांगकांग से
ाने वाली फ्लाइट
में-
मेरा यार कमिश्नर एयरपोर्ट पर मुझे रिसीव करने आया होगा।
तभी-
यात्रियों से निवेदन है कि सीट बेल्ट बांध लें। जहाज लैंड करने जा रहा है।
ओय! लैंडिंग से पहले टॉयलेट होकर आता हूं।
कहां जा रहे हैं आप?
ही... ही... ही... जरा... !
अब समय नहीं है। प्लीज, आप बैठ जाइए। हम लैंड कर रहे हैं।
मगर मुझे तो जोर से आ रहा है।
कुछ ही क्षणों में जहाज ने लैंड किया।
दरवाजा खुलते ही—
बहुत जोर से आ रहा है।

पीं ऽऽऽ
हीं ऽऽऽ
सर, आप इस तरह क्यों दौड़ रहे हैं?
बाथरूम कहां है?
उधर।
तो हट जा रास्ते से।
साला फुल प्रैशर में है। ही... ही... ही...!
विमान से अभी यात्री उतर रहे थे। उनमें एक और व्यक्ति भी लाल कोट पहने हुए था।
साहब ने मुझे लेने के लिए किसी को भेजा होगा।
वह व्यक्ति जब कस्टम काउंटर पर पहुंचा।
आप हांगकांग से आ रहे हैं?
और क्या झुमरी तल्लैया से आ रहा हूं।

यादा अकड़ मत दिखाओ। में सूचना मिली है कि तुम ंगकांग से लाखों के हीरे लाए ो। क्या यह सच है?
मर गए! इसे कैसे पता चल गया?
चलो, तलाशी दो।
यहां से फूट लेना चाहिए।
और-
अबे, हट पीछे।
CUSTOM
ओय!
पकड़ो... पकड़ो!
स्टम धिकारी े वॉकी- ॉकी पर यरपोर्ट के बाहर खड़े कस्टम के जासूसों को सूचित किया।
लाल कोट पहने एक व्यक्ति भागकर बाहर आ रहा है। वह हीरों का तस्कर है। उसे घेर कर पकड़ लिया जाए।
उधर हवलदार की गाड़ी एयरपोर्ट पहुंची-
मैं बहुत लेट हो गया हूं।

ओय ! लाल कोट वाला ! यही है कमिश्नर साहब का दोस्त ।
सी... सी... इधर आइए साहब।
मुझे बुला रहा है।
साहब ने उसे मुझे रिसीव करने के लिए भेजा होगा।
तभी—
ओय !
ढिशुम
आंय ! साहब के मेहमान को पीट रहे हैं।
और -
ओय ! छोड़ दो !

हवलदार को दौड़कर आते देख कस्टम के जासूसों का ध्यान बंटा। तभी–
धाड़
उफ!
आह!
दिशुम
आह!
दूसरा जासूस उसकी ओर लपका, मगर तब तक हवलदार निकट पहुंच चुके थे।
तेरी तो...!
आह!
गुड! जल्दी निकल चलो यहां से।
चलो जी।
दोनों लपककर गाड़ी के निकट पहुंचे।
जल्दी चलो।
हुणी लो जी।
घर्र... घर्र...

ही... ही... ही... ! गच्चा दे दिया साले को !
एयरपोर्ट से कुछ दूर आने के बाद –
तुम बहुत काम के आदमी हो यार। मैं साहब से कह कर तुम्हें इनाम दिलाऊंगा।
ही... ही... ही... शुक्रिया जी!
तभी –
ओह ! वे पीछा कर रहे हैं !
पीं..पीं...
हे... हे... हे... ! वे कौन लोग हैं साहब! आपने क्या उनकी भैंस का अण्डा चुरा लिया है।
शटअप ! गाड़ी तेज चलाओ !
अ... अच्छा जी !
उनको डॉज देने के लिए मैं गाड़ी से उतर जाता हूं, मगर इसे गाड़ी में ही छुपा देता हूं।

हां ठीक रहेगा।
गाड़ी अब एक मोड़ के निकट पहुंच रही थी।
देखो, उस मोड़ पर गाड़ी जरा धीमी कर लेना। मैं बाहर कूद जाऊंगा। फिर तुम स्पीड बढ़ाकर सीधे साहब के पास पहुंच जाना।
मगर साहब...!
शटअप! जैसा मैं कह रहा हूं, करते रहो।
ठ... ठीक है।
बावला है साला! चलती गाड़ी से कूद कर मरेगा।
धाड़
उसके कूदते ही हवलदार ने स्पीड बढ़ा दी।
जूं SSS

कुछ दूर जाने के बाद -
ओह ! इंजन गर्म हो गया है।
फुट... फटाक
उस साले लाल कोट वाले के चक्कर में गाड़ी को इतना दौड़ाया कि बंटाधार हो गया।
तभी -
आंय !
चर्ई...चर्ई...
और -
अबे ओय !
छ...छोड़ दे !
इसका साथी तो गाड़ी में नहीं है।
हाय... हाय...!
धाड़

कहां हैं वह ?
...नहीं
...ताऊंगा।
तेरा तो बाप भी बताएगा साले।
ढिशुम
फिर वे चारों
...वलदार पर पिल पड़े।
धाड़
धाड़
अबे छोड़ दो! हवालात में बंद करके सड़ा दूंगा सालो!
...वालात में तो हम तुझे
...ड़ाएंगे साले! बता,
...ह तस्कर कहां है?
तस्कर! कौन तस्कर? क्या बक रहा है बे बावले बैल?
मुंह तोड़ दूंगा साले, मैं कस्टम ऑफिसर हूं।

अबे हट! मैं भी पुलिस हवलदार हूं। जेल में सड़ा डालूंगा तुझे।
पुलिस हवलदार है तू?
तो फिर एक तस्कर को बचाकर क्यों ले जा रहे थे तुम?
ओय! वह तस्कर नहीं था। हमारे कमिश्नर साहब का मित्र था। साहब ने ही मुझे उसको रिसीव करने के लि एयरपोर्ट भेजा था।
हीरों का तस्कर और पुलिस कमिश्नर का दोस्त? यह मामला तो बहुत बड़ा लगता है।
तुम हमें कमिश्नर के पास लेकर चलो।
उधर कमिश्नर साहब का असली दोस्त डिमेलो काफी देर प्रतीक्षा करने के बाद टैक्सी लेकर कमिश्नर के घर के लिए रवाना हुआ।
गुर्र... कमिश्नर ने मेरा अपमान किय है। एयरपोर्ट पर मुझे रिसीव करने नहीं आया।
बहुत डांट लगाऊंगा साले को। मगर पहले टॉयलेट जाना होगा।
गेट को छूते ही -
ओय!
ढिशुम

ीख सुनकर गार्ड ने फाटक खोला –
ही... ही... ही...! गेट को क्यों छू रिया था बे?
शटअप!
ओय! तू झल्ला है क्या? साले, यह पुलिस कमिश्नर की कोठी है। फुट ले, वरना अंदर कर दिया जाएगा।
व्हाट अंदर कर दिया जाएगा यू इण्डियन! आई एम डिमेलो फ्रॉम हांगकांग। कमिश्नर इज माई कच्छा फ्रैंड!
ही... ही... ही...! कच्छा फ्रैंड क्या बे?
ओ यू फूल! हमारा मतलब है कमिश्नर हमारा बचपन का दोस्त है। समझा!
ओह! लंगोटिया यार को कच्छा फ्रैंड कह रिया है यह।
भी –
डिमेलो... माई फ्रैंड!
ओय शटअप! तुम कैसा दोस्त है, हमको लेने एयरपोर्ट भी नहीं आया।
मगर मैंने तो अपना आदमी भेजा था।

व्हाट आदमी? उधर में तो मुर्गी का बच्चा भी नहीं पहुंचा।
अच्छा! तुम भीतर चलो। मैं पता करता हूं, क्या गड़बड़ हुई है?
ड्राइंगरूम में—
मुझे बहुत अफसोस है डिमेलो कि...।
अफसोस बाद में... पहले यह बोलो, तुम्हारा टॉयलेट किधर है?
मैं होकर आता हूं। है... है... है...!
वह है।
ही... ही... ही...! डिमेलो बिल्कुल नहीं बदला। बचपन से ही प्रेशर में रहता है।
फुट...फटाक...
तभी-
सर! मुझे बचाइए?
आंय!
क्या मामला है हवलदार? कौन हैं ये लोग?
सर, यह कस्टम वाले हैं। आपके दोस्त ने तो मेरा बाजा बजवा दिया। वह बहुत बड़ा तस्कर निकला।

क्या बकते हो? सस्पैंड कर दूंगा।
यह ठीक कह रहा है मि० कमिश्नर। जिस आदमी को यह एयरपोर्ट से ला रहा था, वह हीरों का तस्कर है।
ओह! तो डिमेलो कस्टम वालों से बचकर यहां भाग आया और मुझे उल्लू बनाया कि मैंने गाड़ी नहीं भेजी।
सर! हवालात में बंद करके सड़ा दीजिए साले को।
ब हवलदार ने जल्दी से ारी घटनाएं कमिश्नर ो सुनाई।
मैं फांसी लगवा दूंगा साले को।
ओय डिमेलो। बाहर निकल, जल्दी!
घड़...घड़
गुर्र... ई...
ही... ही... ही...!
्यों? मे भी बार ड़ गया क्या?
शटअप! जल्दी बाहर निकल, वरना दरवाजा तोड़ कर अंदर आ जाऊंगा।
ओय नहीं!

क्या है ? पतलून भी नहीं पहनने दी ।
पतलून के बच्चे ! मैं तो तेरा यह कच्छा भी उतारने वाला हूं ।
ओय ! क्या करता है?
तस्करी करता है साले !
ढिशुम्म
ई... ई... ई...!
ओय । क्या बक रहा है तू यार । मैं कुछ समझा नहीं ।
अभी बताता हूं तुझे !
यह वह आदमी तो नहीं है ।
रुकिए सर !
हट जाओ पीछे । यह मेरा पर्सनल मामला है।
आह!

मैं तुम्हे छोडूंगा नहीं डिमेलो।
कमिश्नर ने डिमेलो को कमर पर उठाया और जमीन पर पटक दिया और फिर उसकी छाती पर चढ़ बैठा –
बोल, हीरे कहां हैं?
हीरे... कौन से हीरे?
मेरी बात तो सुनिए सर!
कहा ना,बीच में मत आओ।
ढिशुम
आह!
कमिश्नर साहब! छोड़ दीजिए इन्हें।
नहीं छोडूंगा।

छोड़ दीजिए। यह वह तस्कर नहीं है।
क्या?
हां जी। कोई गलत फहमी हुई है। यह आदमी आपके हवलदार के साथ गाड़ी में नहीं था।
अ...आह!
ओय डिमेलो... मुझे माफ कर दे यार... गलत फहमी हो गई।
व्हाट गलत-फहमी?
दरवाजे पर मुझे ऑटोमैटिक घूंसा लगवाया, फिर अंदर लाकर खुद मारा। तू मेरा दोस्त नहीं है कमिश्नर। मैं आज ही वापस जाऊंगा।
तुम लोगों के कारण मैंने अपने दोस्त को ठोक दिया। झूठ क्यों बोला तुमने?
हमने नहीं, आपके हवलदार ने झूठ बोला है।
हवलदार!
यस सर!

क्या तुम इसी डिमेलों को एयरपोर्ट से ला रहे थे?
नहीं जी! वह तो कोई और था।
और हवलदार ने एयरपोर्ट पर घटने वाली सारी घटनाएं कह सुनाईं।
फिर –
सर, लाल कोट के कारण मैं धोखा खा गया और गलत आदमी को गाड़ी में बिठा कर भाग उठा। माफ कर दीजिए।
गधे, नालायक, पाजी, तुम्हारे कारण एक तस्कर बच निकला और मेरे प्यारे डिमलो का हुलिया बिगड़ गया। मैं तुम्हें सस्पेंड करता हूं।
लेकिन सर...!
शटअप एण्ड गेट आउट!
फूट ले बेटा हवलदार, आज तो कमिश्नर भी खड़गसिंह की तरह बावला हो रिया है।
कस्टम के लोग भी क्षमा मांगकर चले गए।
सब के जाने के बाद –
हे... हे... हे...! माफ कर दे याड़ी। आखिर मैं तेरा लंगोटिया यार हूं।
ही... ही... ही...! चल कर दिया माफ।

उधर वह असली तस्कर अपने साहब यानी बॉस के सामने खड़ा था।
क्या कह रहे हैं साहब? आपने मुझे लेने के लिए एयरपोर्ट पर किसी को नहीं भेजा था?
नहीं, मैंने किसी को नहीं भेजा था।
फिर वो कौन था, जिसकी खटारा गाड़ी में मैंने हीरे छोड़ दिए हैं?
क्या? तुम हीरे छोड़ आए हो?
और -
तड़ाक
उल्लू का पट्ठा!
उई SSS!
जाओ, उस गाड़ी वाले को तलाश करो। आज रात तक मुझे हीरे नहीं मिले तो खाल खिंचवा कर भूसा भरवा दूंगा।
अब मैं कहां तलाश करूं उसे। पता नहीं कौन था साला?
MANOJ COMICS
GHATA SHOE CO.
GAURAVS FASHION ENTRE
शाम तक वह शहर में इधर-उधर घूमता रहा।

फिर ढाबे में चाय पीते हुए उसने शाम का अखबार देखा।
अरे ! यही तो है।
तो वह साला पुलिस हवलदार है, मगर उसे यह पता नहीं कि मैंने उसकी गाड़ी में हीरे छुपा दिए थे। कोई तिकड़म लड़ा कर उसकी गाड़ी में बैठना होगा। तभी हीरे मिल सकते हैं।
हवलदार बहादुर उस दिन बहुत उदास थे। मन बहलाने के लिए वह शाम को गाड़ी में घूमने निकले—
बहुत बुरा हुआ। इस बार तो कमिश्नर ने खुद सस्पेंड किया है। लगता है, इस बार नौकरी गई।
तभी—
ओह ! लिफ्ट मांग रही है।
गाड़ी रुकते ही—
मुझे अगले चौक तक पहुंचा दीजिए।
बहुत भारी आवाज है इस महिला की।
उन्होंने गाड़ी आगे बढ़ा दी।
ही... ही... ही...! आपका नाम क्या है जी?
पराई औरतों का नाम नहीं पूछते जी! आप गाड़ी चलाने पर ध्यान दीजिए।

साली पराए मर्द की गाड़ी में तो बैठ गई और नाम बताने में नखरे दिखा रही है।
तभी–
आंय!
ए, क्या कर रही हो तुम?
चुप! सीट के नीचे से क्या निकाला है तुमने?
क... कुछ नहीं! ही... ही... ही...!
यह!
ओय तुम!
हां! मैं अपने हीरे लेने आया हूं। जो सुबह गाड़ी में छोड़ गया था।
मगर हवलदार
की तो पिस्तौल देखकर घिग्घी बंध चुकी थी और स्टेयरिंग उनके हाथों से छूट चुका था।

ओय! गाड़ी रोक।
न... न... नहीं रुक रही... कैसे रोकूं?
ब्रेक लगा दे।
वलदार ने री शक्ति से दबाया।
ओय!
ठाक
आंय! यह तो फ्लैट हो गया ही... ही... ही... हा... हा... हा...!
फिर उन्होंने गाड़ी मोड़ी और कमिश्नर साहब के घर की ओर दौड़ा दी।
ही... ही... ही...! इस तस्कर की दुम को जब हीरों सहित कमिश्नर के हवाले करूंगा तो वह मेरा सस्पेंशन ऑर्डर वापस ले लेंगे।

समाप्त

मनोज कॉमिक्स

में पढ़िए

हवलदार बहादुर

के गुदगुदाते कॉमिक्स

हवलदार बहादुर से मिलकर आप बुक्का फाड़े बिना न रह सकेंगे।

अपने कारनामों से पाठकों का दिल जीतने में माहिर हैं हवलदार बहादुर! ☺

आपके प्रिय हवलदार बहादुर हमेशा आपका भरपूर मनोरंजन करते हैं।

किस्मत के धनी हवलदार बहादुर के उल्टे कारनामे भी हो जाते हैं सीधे! ☺

100% हास्य व्यंग्य से भरपूर हवलदार बहादुर के कॉमिक्स आपकी तनाव भरी जिन्दगी में भी आपको खिलखिलाने पर मजबूर कर देते हैं।

तो देर किस बात की..., आज ही खरीदें हवलदार बहादुर के कॉमिक्स और इनकी कारस्तानियों को पढकर हंसते-हंसते लोट-पोट हो जाएं।

www.ingramcontent.com/pod-product-compliance
Lightning Source LLC
LaVergne TN
LVHW051012051026
849532LV00005B/1916
* 9 7 8 9 3 9 1 4 6 0 4 1 9 *